KB048584

# 길 잃은 새

# 길 잃은 새

라빈드라나트 타고르

문태준 옮김

강현정 그림

청미래

Stray Birds

by Rabindranath Tagore

[translated from Bengali to English by the author]

역자 문태준(文泰俊)

문태준은 1970년 경북 김천에서 태어나 고려대학교 국문과와 동국대 대학원 국문과를 졸업했다. 1994년 『문예중앙』 신인문학상에 시 『처서(處暑)』 외 9편이 당선되어 작품 활동을 시작했다. 시집 『수런거리는 뒤란』, 『맨발』, 『가재미』, 『그늘의 발달』, 『먼 곳』, 『우리들의 마지막 얼굴』, 산문집 『느림보 마음』, 시 해설집 『어느 가슴엔들 시가 꽃피지 않으랴 2』, 『우리 가슴에 꽃핀 세계의 명시 1』, 『가만히 사랑을 바라보다』 등이 있다. 노작문학상, 유심작품상, 동서문학상, 미당문학상, 소월시문학상, 서정시학작품상 등을 수상했다.



길 잃은 새

저자 / 라빈드라나트 타고르
역자 / 문태준
그림 / 강현정
발행처 / 도서출판 청미래
발행인 / 김실
주소 / 서울시 마포구 월드컵로 31(합정동 426-7)
전화 / 02 · 739 · 1661
팩시밀리 / 02 · 723 · 4591
홈페이지 / www.cheongmirae.co.kr
전자우편 / cheongmirae@hotmail.com
등록번호 / 1-2623
등록일 / 2000. 1. 18
초판 1쇄 발행일 / 2016. 3. 22

값 / 뒤표지에 쓰여 있음
ISBN 978-89-86836-60-8 03890

이 도서의 국립중앙도서관 출판예정도서목록(CIP)은 서지정보유통지원시스템 홈페이지(http://seoji.nl.go.kr)와 국가자료공동목록시스템(http://www.nl.go.kr/kolisnet)에서 이용하실 수 있습니다. (CIP제어번호 : CIP2016006828)

요코하마의 하라 도미타로(原富太郎)에게

# 길 잃은 새

## 1

여름의 길 잃은 새가 나의 창가에 와서 노래를 부르고 멀리 날아갑니다.
그리고 가을의 노란 나뭇잎들이 노래도 부르지 않고 한숨을 쉬며 여기저기 흩날립니다.

## 2

세계의 사랑스러운 방랑자들의 무리여, 나의 언어 속에 당신의 발자국을 남겨주세요.

3

세계는 사랑하는 것에게 자신의 거대한 가면을 벗어 던집니다.
세계는 영원의 한 곡의 노래처럼, 한 번의 입맞춤처럼 사소한 것이 됩니다.

4

미소의 꽃을 피우는 것은 대지의 눈물.

5

광대한 사막이 풀잎을 사모하여 타오르지만, 풀잎은 고개를 가로젓고 웃으며 날아갑니다.

6

만약 당신이 태양이 보이지 않는다고 눈물을 흘린다면, 당신은 별도 보지 못할 것입니다.

7

춤추고 있는 물이여, 당신이 가는 길에 있는 모래더미가 당신의 노래와 행동을 간청합니다. 당신은 걷지 못하는 무거운 모래를 운반하시겠습니까?

8

생각에 잠긴 그녀의 얼굴은 밤비처럼 나의 꿈에 늘 나타납니다.

9

꿈 속에서 우리는 완전히 남남이었습니다.
잠에서 깨어났더니 서로 사랑하고 있다는 것을 깨달았습니다.

10

슬픔은 고즈넉한 숲에 내리는 황혼처럼 침묵하며 나의 마음에 평화를 주었습니다.

11

보이지 않는 손가락들이 게으른 미풍처럼 나의 마음을 켜며 잔잔한 음악을 연주합니다.

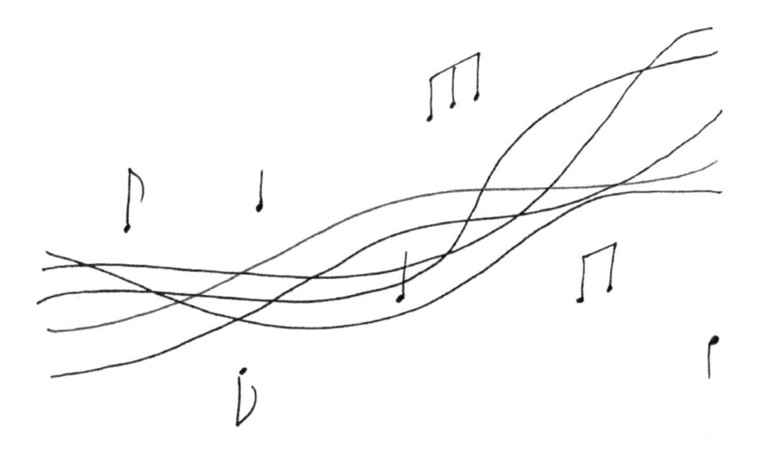

12

"'당신의 언어'는 무엇입니까, 바다여?"
"'영원한 질문'의 언어입니다."
"'당신의 응답'의 언어는 무엇입니까, 하늘이여?"
"'영원한 침묵'의 언어입니다."

13

나의 마음이여, 당신을 사랑하는 세계의 속삭임에 귀를 기울여다오.

14

창조의 신비는 밤의 어둠과 닮았습니다—그것은 위대합니다. 지식의 허위는 아침 안개를 닮았습니다.

15

당신의 사랑이 고고하다고 해서 당신의 사랑을 절벽 위에 두지는 마세요.

16

오늘 아침 창가에 앉았을 때, 세계가 지나가는 행인처럼 잠시 멈추어 서서 나에게 인사를 하고 자신의 길을 갔습니다.

17

작은 생각들은 나뭇잎들의 바스락거리는 소리. 그것들은 나의 마음속에서 기쁨의 속삭임이 되었습니다.

18

당신이 어떤 사람인지는 당신에게 보이지 않고, 당신에게 보이는 것은 당신의 그림자입니다.

19

나의 소망은 어리석은 바보가 되는 것.
당신의 노래를 크게 부릅니다. 나의 주인이여.
나에게 오직 듣게만 해주세요.

20

나는 최고를 선택할 수 없습니다.
최고가 나를 선택합니다.

21

랜턴을 등에 지고 가는 사람들은 그들의 바로 앞에 그림자를 던집니다.

22

내가 존재한다는 사실은 끝없는 경이. 그것은 바로 생명이 있다는 것입니다.

23

"우리들은, 나뭇잎들은 바스락거리며 폭풍우에 대답하는데, 그렇게 침묵하는 당신은 누구입니까?"
"나는 다만 한 송이 꽃일 뿐입니다."

24

휴식은 노동의 일부입니다. 눈꺼풀이 눈의 일부인 것처럼.

25

인간은 방금 태어난 아이. 인간의 힘은 성장한다는 것입니다.

26

신은 태양과 지구를 위해서가 아니라 우리에게 보낸 꽃을 위해서 대답을 기다리고 있습니다.

27

벌거벗은 아이처럼 푸른 잎사귀들 사이에서 놀고 있는 햇빛은 행복하게도 인간이 거짓말을 한다는 것을 모릅니다.

28

아름다움이여, 당신은 반짝이는 거울 속이 아니라 사랑 속에 있다는 것을 깨달으세요.

29

나의 마음은 세계의 해안에서 파도더미에 맞았고, 눈물방울의 서명을 하고, "당신을 사랑합니다"라는 글을 덧붙입니다.

30

“달이여, 무엇을 기다리나요?”
“길을 비켜주어야 할 태양에게 경의를 표하려고요.”

31

나무들은 말 못 하는 대지의 사모하는 목소리처럼
나의 창문까지 다가옵니다.

32

그 자신의 아침이야말로 신에게 새로운 경이입니다.

33

인생은 세계가 요구하기 때문에 부를 발견하고, 사랑이 요구하기 때문에 가치를 발견합니다.

34

물이 마른 하천 바닥에는 과거에 대해 감사하는 어떤 것도 보이지 않습니다.

35

새는 구름이었기를 바라고,
구름은 새였기를 바랍니다.

36

폭포가 노래합니다. "나의 노래를 찾게 되면, 그때 나의 자유를 찾게 됩니다"라고.

37

나는 왜 내 마음이 침묵 속에서 시들고 고통받는지 설명할 수 없습니다.
그것은 바라지도 않고, 알지도 못하고, 기억할 수도 없는 사소한 욕망 탓입니다.

38

여인이여, 당신이 집안일로 바쁘게 움직일 때 당신의 손과 발은 산의 조약돌들 사이로 흐르는 작은 시냇물처럼 노래합니다.

39

태양은 서쪽 바다를 지나며 동쪽 하늘에게 마지막 경의를 표합니다.

40

식욕이 없다고 해서 당신의 음식을 탓하지는 마세요.

41

나무들은 대지를 동경하듯이 하늘 속을 들여다보려고 발끝으로 곧추섭니다.

42

당신은 미소 짓기만 했을 뿐 나에게 아무 말도 하지 않았습니다. 나는 이 순간을 위해서 오랫동안 기다려왔다고 느꼈습니다.

43

물속의 물고기는 조용하고, 땅 위의 동물은 시끄럽고, 하늘의 새는 노래합니다.
그러나 인간은 바다의 침묵과 대지의 소음과 하늘의 음악을 자신의 내부에 가지고 있습니다.

44

세계는 언제까지고 슬픔의 음악을 연주하는 방황하는 마음의 현(弦)들 위로 밀려옵니다.

45

그는 신이 자신의 무기라고 생각했습니다.
무기가 이길 때에 그 자신은 패배합니다.

46

신은 창조함으로써 자신의 힘을 깨닫습니다.

47

그림자는 베일을 드리운 채, 조용한 사랑의 걸음걸이로 남몰래 순종하며 빛을 따릅니다.

48

별들은 반딧불이들처럼 나타나 보이기 시작하는 것을 두려워하지 않습니다.

49

나는 감사하게 생각합니다, 내가 권력의 바퀴가 아니라 권력에 짓밟히는 살아 있는 것들 중의 하나라는 사실을.

50

지성은 예리하지만 포용력이 없고, 모든 것에 집착하지만 감동하지 않습니다.

51

당신의 우상은 신의 먼지가 자신보다 위대하다는 것을 증명하기 위해서 산산이 부서져서 먼지가 됩니다.

52

인간은 역사의 표면에는 모습을 드러내지 않으며, 역사 속에서 투쟁하면서 나아갑니다.

53

옹기 램프가 사촌이라고 부른다고 해서 유리 램프가 야단을 치는 사이에 달이 떠오르고, 그러자 유리 램프는 잔잔한 미소를 지으며 달에게 말을 건넵니다.
"사랑스러운 나의 자매여."

54

갈매기와 파도의 만남처럼 우리는 만나면서 가까워집니다. 갈매기는 날아가고, 파도는 물러가고, 우리는 떠나갑니다.

55

낮이 끝나면 나는 해변으로 끌려온 보트가 되어 저녁에 파도의 댄스 음악을 듣고 있습니다.

56

생명은 우리에게 주어진 것이고, 우리는 생명이 주어짐으로써 생명을 소유하게 됩니다.

57

우리는 가장 겸손할 때 가장 위대합니다.

58

참새는 꼬리에 무거운 짐을 진 공작을 가여워합니다.

59

결코 순간을 두려워하지 마세요—그리하여 영원의 목소리는 계속 노래합니다.

60

허리케인은 길이 아닌 곳에서 가장 짧은 지름길을 찾고, 그리고 알 수 없는 곳에서 돌연히 길 찾기를 끝냅니다.

61

친구여, 나의 잔에 나의 포도주를 따르세요. 다른 사람의 잔에 부으면 거품의 화환은 사라질 것이니.

62

완벽한 것은 완벽하지 않은 것을 사랑하기 위해서 자신을 꾸밉니다.

63

신은 인간에게 말합니다. "나는 너를 치료한다. 그렇기 때문에 나는 너에게 고통을 준다. 나는 너를 사랑한다. 그렇기 때문에 너에게 벌을 준다."

64

빛을 주는 불에게 감사하세요. 그리고 눈에 띄지 않은 채 인내하고 있는 전등의 소켓도 잊지 마세요.

65

작은 풀이여, 당신의 발걸음은 작지만 당신은 발 아래에 대지를 가지고 있습니다.

66

어린 꽃은 꽃봉오리를 열고 외칩니다. "사랑하는 세상이여, 제발 빛을 잃지 마세요."

67

신은 큰 왕국에는 싫증을 내지만, 작은 꽃에게는 결코 싫증을 내지 않습니다.

68

악은 패배하는 여유를 가질 수 없지만, 정의는 패배하는 여유를 가질 수 있습니다.

69

폭포는 노래합니다. “비록 목마름에는 아주 적은 양의 물로도 충분하지만, 나는 나의 물 전부를 즐거운 마음으로 주겠습니다.”

70

끊임없이 황홀하게 이 꽃들을 분출하는 샘은 어디에 있습니까?

71

나무를 패는 도끼는 나무로부터 그 손잡이를 구합니다. 나무는 손잡이를 줍니다.

## 72

나는 고독할 때 안개와 비로 베일을 드리운 외로운 저녁의 한숨을 느낍니다.

## 73

정조(貞操)는 충만한 애정에서 나오는 보배입니다.

## 74

안개는 사랑처럼 언덕의 가슴에서 피어오르고, 불시에 아름다움을 끌어냅니다.

75

우리는 세계를 잘못 읽고서 세계가 우리를 속였다고 말합니다.

76

시인의 바람[風]은 자신만의 목소리를 찾기 위해서 바다를 건너고 숲을 넘습니다.

77

모든 아이들은 신이 아직 인간에게 실망하지 않았다는 메시지를 가지고 태어납니다.

78

풀은 그의 친구를 대지에서 찾고,

나무는 그의 고독을 하늘에서 찾습니다.

79

인간은 자신에 대해서 벽을 세웁니다.

80

친구여, 당신의 목소리는 소나무 숲에서 듣는 바다의 숨죽인 파도 소리처럼 내 마음 속을 거닙니다.

81

보이지 않는 이 어둠의 광휘는 무엇입니까? 그 불꽃이 별이 됩니까?

82

생명은 여름의 꽃처럼, 죽음은 가을의 나뭇잎처럼 아름다운 것이 되게 하세요.

83

선의가 있는 사람은 문을 두드리고, 사랑하는 사람은 문이 열려 있음을 깨닫습니다.

84

죽음 속에서는 많은 것들이 하나가 됩니다. 생명 속에서는 하나가 많은 것들이 됩니다. 종교는 신이 죽었을 때 하나가 될 것입니다.

85

예술가는 자연의 연인입니다. 그러므로 자연의 노예이자 주인입니다.

86

"당신은 나로부터 얼마나 멀리 있나요, 열매여?"
"나는 당신의 마음속에 숨어 있어요, 꽃이여."

87

내가 지금 동경하고 있는 것은 어둠 속에서는 느낄 수 있지만, 낮의 빛 속에서는 보이지 않는 것입니다.

88

이슬 방울이 연못에게 말했습니다. “당신은 연잎 밑에 있는 큰 이슬 방울이고, 나는 연잎 위에 있는 작은 이슬 방울입니다.”

89

칼집은 날카로운 칼을 보호하고 있을 때에는 자신이 둔탁하더라도 만족해합니다.

90

어둠 속에서는 하나가 하나로 보이고, 빛 속에서는 하나가 여러 개로 보입니다.

91

대지는 풀의 도움으로 너그럽게 됩니다.

92

나뭇잎의 탄생과 죽음의 순환은 빨리 회전하고 있습니다. 우주는 더 큰 원을 그리며 천천히 움직이고 있습니다.

93

권력이 세계에게 말했습니다. “너는 내 것이다.”

세계는 권력을 자신의 왕좌에 가두었습니다.

사랑이 세계에게 말했습니다. “나는 당신의 것입니다.”

세계는 사랑에게 자신의 집의 자유를 주었습니다.

94

안개는 대지의 욕망과 같은 것입니다.

안개가 태양을 숨겨주자 대지는 태양을 원한다고 외치니다.

95

고요함을 누리세요, 나의 마음이여. 이 큰 나무들은 기도하고 있습니다.

96

한순간의 소음은 영원한 것의 음악을 비웃습니다.

97

나는 삶과 사랑과 죽음의 흐름 속에서 표류하다가 잊혀진 옛 세월을 생각합니다. 그리고 나는 과거로부터 자유로워진 것을 느낍니다.

98

나의 영혼의 슬픔은 신부의 베일.
베일은 밤에 들어올려지기를 기다립니다.

99

죽음의 소인은 삶의 화폐에 가치를 부여합니다. 참으로 귀중한 것을 삶의 화폐로 구매할 수 있도록.

100

구름은 하늘의 한 구석에 수줍게 서 있습니다.
아침은 구름에게 왕관을 화려하게 씌워줍니다.

101

흙은 모욕을 당했고 그 답례로 꽃을 피워주었습니다.

102

꽃을 모아서 묶으려고 서성이지 말고 그냥 지나가세요. 당신의 발걸음마다 꽃이 피어 있는 걸요.

103

뿌리는 땅으로 뻗은 가지입니다.
가지는 하늘로 뻗은 뿌리입니다.

104

저 아득한 여름의 음악이 가을의 주변에서 날개를 치며 옛 보금자리를 찾아왔습니다.

105

당신의 주머니에 있는 값진 것들을 당신의 친구에게 빌려주어 그 친구를 모욕하지 마세요.

106

나의 마음은 이름 없는 나날들을 고목 주변의 이끼처럼 느끼며 기억하고 있습니다.

107

메아리는 자신이 시원(始原)임을 증명하기 위해서 자신의 시원을 흉내내고 있습니다.

108

신은 성공한 사람이 신의 특별한 은총을 자랑할 때 부끄러움을 느낍니다.

109

나는 불을 켜지 않은 램프를 가지고 있었기 때문에 나의 그림자를 길 위에 던졌습니다.

110

인간은 자신의 침묵의 아우성을 잠재우기 위해 소란스러운 군중 속으로 들어갑니다.

111

소진되어 끝나는 것이 죽음입니다. 그러나 완벽한 종말은 영원 속에 있습니다.

112

태양은 빛의 단순한 옷을 입고 있습니다. 구름은 화려하게 차려입고 있습니다.

113

언덕들은 별을 잡으려고 손을 뻗은 아이들이 외치는 소리 같은 것입니다.

114

길은 사랑받지 못하기 때문에 군중 속에서 고독합니다.

115

위해를 가할 수 있다고 자랑하는 힘은 떨어지는 노란 나뭇잎과 흘러가는 구름의 조롱거리가 될 것입니다.

116

오늘 햇빛 속에서 대지는 잊혀진 언어의 옛 민요를 실을 잣는 여자처럼 나에게 흥얼거렸습니다.

117

풀잎은 그것이 뿌리 내리고 자라나는 위대한 세계만큼 가치가 있습니다.

118

꿈은 이야기를 하지 않으면 안 되는 아내입니다.
잠은 잠자코 고통을 인내하는 남편입니다.

119

밤은 사라지는 낮에게 키스하고 귀에 속삭입니다.
“나는 죽음, 너의 어머니. 나는 너를 새로 태어나게 할 것이다.”

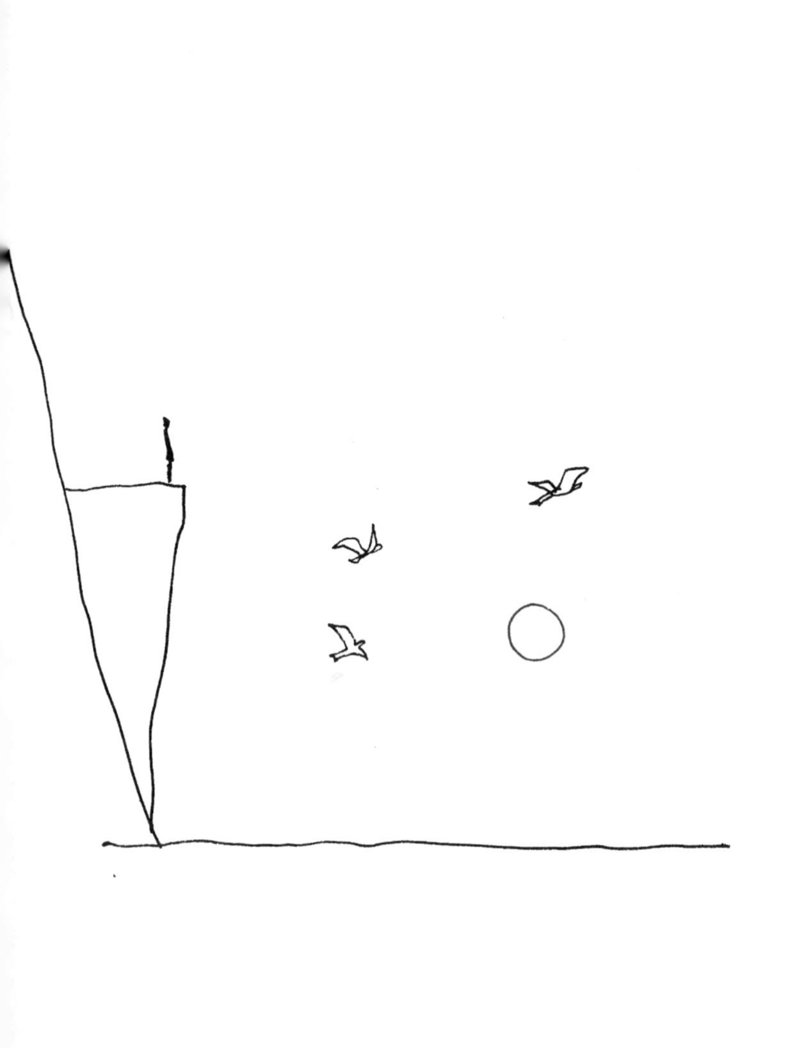

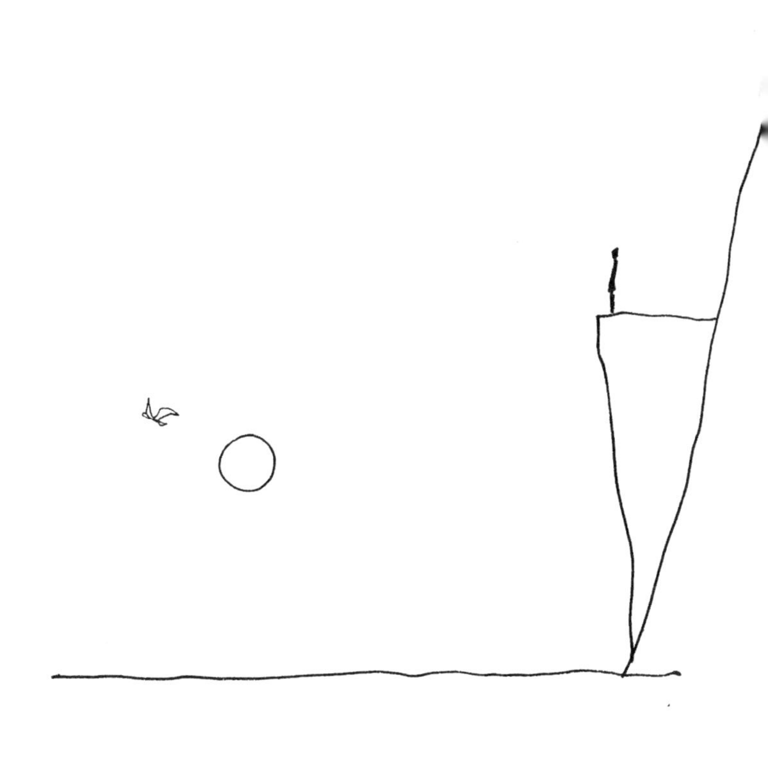

120

어두운 밤이여, 나는 당신의 아름다움을 느낍니다. 사랑하는 여자가 램프를 껐을 때의 그녀의 아름다움처럼.

121

나는 번영하고 있는 나의 세계 속에 실패한 여러 세계들을 가지고 있습니다.

122

친구여, 나는 깊어가는 저녁에 이 해안에서 파도 소리를 들을 때마다 당신의 큰 사상의 침묵을 느낍니다.

123

새는 물고기를 공중에 들어올리는 것을 친절한 행위라고 생각합니다.

124

"당신은 달에게 부탁해서 연애 편지를 내게 보냈습니다"라고 밤이 태양에게 말했습니다.
"나는 풀잎 위의 이슬 방울로 나의 답신을 남겼습니다."

125

위대한 사람은 언제나 아이입니다. 그는 죽을 때에 그의 위대한 유년 시절을 세계에 남깁니다.

126

해머의 타격이 아니라 물의 춤이 완벽한 조약돌을 만들어냅니다.

127

벌은 꽃들에서 꿀을 모으고 떠날 때에 그들에게 고맙다고 윙윙거립니다.
천박한 나비는 꽃이 자신에게 감사를 표해야 한다고 생각합니다.

128

당신이 완벽한 진실을 기다리지 않고 말할 때 당신은 더욱 쉽게 말합니다.

129

**가능**이 **불가능**에게 묻습니다. “당신은 어디에 살고 있습니까?”
“무기력한 사람들의 꿈속에”라는 대답이 돌아왔습니다.

130

만약 당신이 모든 오류에 대해서 문을 닫는다면, 진실도 문을 닫아버릴 것입니다.

131

나의 마음의 슬픔 뒤에서 무엇인가 바스락거리는 소리를 듣습니다—나는 그것들을 볼 수 없습니다.

132

활동하고 있는 한가함은 노동입니다.

바다의 고요함은 파도 속에서 흔들립니다.

133

잎은 자신이 사랑할 때 꽃이 됩니다.

꽃은 자신이 섬길 때 열매가 됩니다.

134

땅속의 뿌리는 넘치도록 열매가 가득 달린 가지에게
보상을 요구하지 않습니다.

135

비오는 저녁, 바람은 쉼없이 붑니다.
나는 나뭇가지의 흔들림을 보고, 삼라만상의 위대함을 곰곰이 생각합니다.

136

때 아닌 어둠 속에서 눈을 뜬 거인 아이처럼, 한밤중의 폭풍우는 소리를 지르며 놀기 시작했습니다.

137

당신은 헛되이 파도를 일으켜 애인을 따라가려고 합니다. 바다여, 당신은 폭풍우의 외로운 신부입니다.

138

말이 "나는 나의 비어 있음이 부끄럽습니다"라고 노동에게 말했습니다.
노동은 "나는 당신을 만나면, 내가 얼마나 가난한가를 압니다"라고 말에게 말했습니다.

139

시간이란 변화가 만든 부(富)입니다. 그러나 시계는 그것을 흉내내어 부가 아니라 단지 변화만을 만들 뿐입니다.

140

진실은 사실의 옷을 입으면 옷이 몸에 너무 꽉 낀다는 것을 깨닫습니다.
허구의 옷을 입었을 때에는 손발이 쉽게 움직입니다.

141

나는 이곳저곳을 여행하면서 당신이 싫어졌습니다. 길이여, 그렇지만 지금은 당신이 어디든지 데려가주기 때문에 나는 당신과 사랑으로 이어져 있습니다.

142

많은 별들 가운데 미지의 어둠 속에서 나의 인생을 이끌어주는 별 하나가 있다는 것을 생각하게 해주세요.

143

여인이여, 당신이 그 우아한 손가락으로 나의 물건들을 만질 때 질서가 음악처럼 드러납니다.

## 144

가련한 한 목소리가 세월의 폐허 속에 둥지를 짓습니다.
밤이 되면 그 목소리는 나에게 노래합니다. "나는 당신을 사랑했습니다."

## 145

타오르는 불은 새빨갛게 빛나며 나에게 가까이 오지 말라고 경고합니다.
재에 덮여 사그라지는 불씨로부터 나를 구해주세요.

## 146

나는 하늘에 나의 별들을 가지고 있습니다.
나의 집의 불 꺼진 작은 램프 대신에.

147

죽은 언어의 먼지가 당신에게 붙어 있습니다.
침묵으로 당신의 몸을 닦아내세요.

148

생명에는 틈이 남아 있어 그 틈으로부터 죽음의 슬픈 음악이 나오고 있습니다.

149

아침이 되면 세계는 빛의 마음을 열어줍니다.
나오세요, 나의 마음이여. 사랑으로 세계를 맞이하러.

150

나의 생각은 빛나는 나뭇잎과 함께 빛나고, 나의 마음은 햇빛의 감촉과 함께 노래합니다. 그리고 나의 생명은 공간의 푸름 속을, 시간의 어둠 속을 만물과 함께 부유하면서 기뻐합니다.

151

신의 위대한 힘은 산들바람 속에 있습니다. 폭풍우 속에 있는 것이 아닙니다.

152

이것은 하나의 꿈, 꿈 속에서는 모든 것들이 흩어져 짓눌려 있습니다. 나는 깨어났을 때, 당신 속에서 그것들이 하나가 되어 있는 것을 알고 자유로워질 것입니다.

153

"내가 해야 할 일을 대신할 사람은 누구인가요?" 저물어가는 태양이 물었습니다.
"주인이여, 저는 할 수 있는 일을 할 것입니다." 옹기 램프가 대답했습니다.

154

꽃잎들을 뜯어서 모아도 당신은 꽃의 아름다움을 모을 수 없습니다.

155

침묵은 잠든 새를 품고 있는 둥지처럼 당신의 목소리를 지켜줄 것입니다.

156

위대한 사람들은 두려움 없이 작은 사람들과 함께 일합니다.
보통 사람들은 계속 무심합니다.

157

밤은 은밀하게 꽃을 피워서 낮이 감사의 인사를 받도록 합니다.

158

권력은 희생자들의 몸부림을 배은망덕의 표시라고 생각합니다.

159

충만함 속에서 기뻐할 때, 우리는 우리의 열매를 기쁜 마음으로 포기하는 것이 가능합니다.

160

빗방울은 대지에 입을 맞추고 속삭입니다. “우리는 당신의 집을 그리워하여 하늘에서 집으로 돌아왔습니다, 어머니.”

161

거미줄은 이슬 방울을 잡는 척하며 파리를 잡습니다.

162

사랑이여! 당신이 고뇌의 램프를 손에 들고 왔을 때, 나는 당신의 얼굴을 볼 수 있었고, 당신이 더없이 행복하다는 것을 알 수 있었습니다.

163

반딧불이가 별들에게 말했습니다.
"학자는 당신들의 빛은 언젠가 사라진다고 말합니다."
별은 아무 대답도 하지 않았습니다.

164

저녁의 엷은 어둠 속에서 조금 이르게 여명의 새가 나의 침묵의 둥지로 날아왔습니다.

165

생각은 하늘의 오리 떼처럼 나의 마음을 지나갑니다.
나는 그 날개 치는 소리를 듣고 있습니다.

166

운하는 강들이 자신에게 물을 공급하기 위해서만 존재한다고 생각하고 싶어합니다.

167

세계는 그 고통으로 나의 영혼에 입을 맞추고, 답례로 나에게 노래 부르기를 청했습니다.

168

나를 압박하는 것은 열린 세계에 나오려고 하는 나의 영혼입니다. 혹은 나의 마음의 문을 두드리고 들어오려는 세계의 영혼입니다.

169

생각은 그 자신의 언어로 자신을 양식으로 해서 성장합니다.

170

나는 마음의 그릇을 이 침묵의 시간 속에 담급니다. 그리고 사랑으로 채웁니다.

171

당신이 일을 하든 하지 않든,
"무슨 일이든지 합시다"라고 말할 때 재앙이 시작됩니다.

172

해바라기는 이름 없는 꽃이 친척이라는 것이 부끄러웠습니다. 태양이 떠오르면서 이 이름 없는 꽃에게 미소를 지으며 말했습니다.
"잘 있니, 애야."

173

"누가 운명처럼 나를 앞으로 내몹니까?"
"나 자신입니다. 나 자신이 내 등에 타고 있습니다."

174

구름은 강의 물컵을 채우고 먼 산 속에 숨었습니다.

175

나는 걸어가면서 물항아리에서 물을 흘렸습니다. 집에 도착했을 때는 아주 조금밖에 남아 있지 않았습니다.

176

그릇 속의 물은 빛나고 있습니다. 바다의 물은 어두컴컴합니다.
작은 진실은 명료한 언어로 표현됩니다. 큰 진실은 거대한 침묵을 가지고 있습니다.

177

당신의 미소는 당신의 들에 핀 꽃이었습니다. 당신의 말씀은 당신의 산에 서 있는 소나무의 속삭임이었습니다. 그러나 당신의 마음은 우리 모두가 알고 있는 그 여인이었습니다.

178

내가 사랑하는 사람들을 위해서 남겨둔 것은 보잘것 없는 것들입니다—큰 것들은 모든 사람들을 위한 것입니다.

179

여인이여, 당신은 세계의 마음을 당신의 눈물의 깊이로 포옹합니다. 바다가 대지를 감싸서 안듯이.

180

햇빛이 미소를 띠며 나에게 인사합니다.
햇빛의 슬픈 여동생, 비가 나의 마음에게 말을 건넵니다.

181

낮에 피는 나의 꽃은 꽃잎들이 떨어져서 잊혀집니다.
밤에 그것은 추억의 황금빛 열매 한 알이 됩니다.

182

나는 침묵 속에서 추억의 발걸음 소리에 귀를 기울이는 밤길입니다.

183

밤하늘은 나에게 한 개의 창, 불 켜진 한 개의 램프,
그 램프 뒤에서의 한낱 기다림입니다.

184

선한 일을 하는 데에 너무 바쁜 사람은 선한 사람이
될 시간이 없습니다.

185

나는 비를 머금지 않은 가을 구름, 벼가 익는 들에서
나는 내가 충만해지는 것을 느낍니다.

186

그들은 증오하고 죽이는데, 사람들은 그들을 칭찬합니다.
그러나 신은 부끄러워하며 푸른 풀숲 아래에 서둘러 그런 기억을 숨깁니다.

187

발가락은 과거를 내팽개친 손가락입니다.

188

어둠은 빛을 향해 여행합니다. 그러나 무지는 죽음을 향합니다.

189

애완견은 우주가 자신의 자리를 노리지나 않을까 의심합니다.

190

고요히 앉아 있는 나의 마음이여, 소동을 일으키지 마세요.
세계가 당신에게 오도록 하세요.

191

활은 화살이 날아가기 전에 화살에게 속삭입니다.
—"당신의 자유는 나의 것입니다."

192

여인이여, 당신의 웃음소리 속에서 생명의 샘이 노래하고 있습니다.

193

너무나 논리적인 머리는 너무나 날카로운 칼과 같습니다.
그런 칼을 사용하면 손에 피를 보기 마련입니다.

194

신은 자신의 큰 별보다도 인간의 램프 빛을 사랑합니다.

195

이 세계는 미의 음악으로 부드러워진 폭풍우의 세계입니다.

196

"나의 마음은 당신이 키스한 황금빛 작은 상자와 같습니다." 황혼의 구름이 태양에게 말했습니다.

197

접촉하게 되면 죽이지만, 거리를 두면 소유할 수 있습니다.

198

귀뚜라미가 우는 소리와 비가 후두둑 떨어지는 소리가 어둠 속에서 들려옵니다. 나의 지나간 청춘의 꿈들의 바스락거림처럼.

199

"나는 나의 이슬 방울을 잃어버렸습니다." 꽃이 별들을 잃어버린 아침 하늘에게 절규했습니다.

200

불타는 통나무가 화염 속에서 절규했습니다—"이것은 나의 꽃, 나의 죽음."

201

장수말벌은 이웃의 벌집들이 너무 작다고 생각했습니다.
이웃들은 장수말벌에게 훨씬 더 작은 집을 지어야 한다고 요구했습니다.

202

"나는 당신의 파도를 가질 수 없습니다." 둑이 강에게 말했습니다.
"나의 가슴이 당신의 발자국들을 가지게 해주세요."

203

낮은 이 작은 지구의 소음으로 우주의 침묵을 깨뜨려버립니다.

204

노래는 공중에서 무한을 느낍니다. 그림은 대지에서, 시는 공중과 대지에서 무한을 느낍니다.
시의 언어들에는 길을 걷는 의미와 날아오르는 음악이 있기 때문입니다.

205

태양이 서쪽으로 질 때, 아침이 오는 동쪽은 침묵 속에서 태양 앞에 서 있습니다.

206

내가 나의 세계에 대해서 잘못하지 않도록 해주시고, 나의 세계가 나를 적대하지 않도록 해주세요.

207

칭찬은 나를 부끄럽게 합니다. 내가 그것을 남모르게 추구하고 있기 때문입니다.

208

내가 아무것도 하지 않을 때 나를 그대로 두어주세요. 바다가 침묵하고 있는 해변의 저녁과 같은 평화의 저 무위(無爲)의 깊은 곳에서 내가 고요하게 있도록.

209

소녀여, 너의 순박함은 호수의 푸른빛처럼 너의 진실의 깊이를 보여줍니다.

210

최선은 홀로 오지 않습니다.

그것은 모든 것과 함께 옵니다.

211

신의 오른손은 부드럽습니다. 그러나 왼손은 무섭습니다.

212

나의 저녁은 저 이국의 숲에서 옵니다. 그리고 나의 아침별은 알지 못하는 언어로 말합니다.

213

밤의 어둠은 새벽의 황금으로 터지는 주머니입니다.

214

우리의 욕망은 인생의 단순한 안개나 아지랑이를 무지개의 일곱 가지 색깔로 칠하는 것입니다.

215

신은 그 자신의 꽃을 인간의 손으로 선물로 되돌려 받기를 기다리고 있습니다.

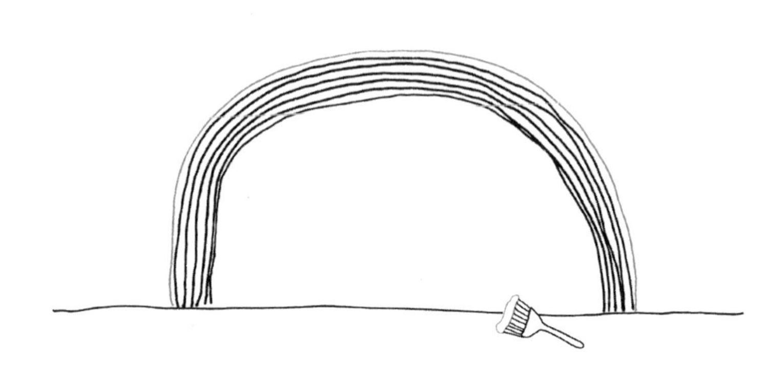

216

나의 슬픈 생각들은 내게 자신들의 이름을 지어달라고 나를 괴롭힙니다.

217

과일의 소임은 귀중한 것이고, 꽃의 소임은 향기로운 것입니다. 그러나 나의 소임은 겸허한 헌신의 그늘을 드리우는 나뭇잎의 소임이 되도록 해주세요.

218

나의 마음은 한가로운 바람에 돛을 올리고 어딘가에 있는 잘 알려져 있지 않은 섬을 향해서 언제나 가고 있습니다.

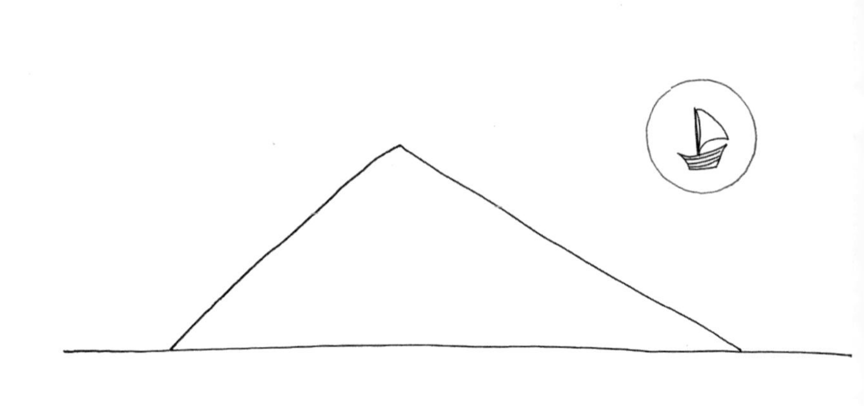

219

인간 사회는 잔혹합니다. 그러나 인간은 인정이 많습니다.

220

나는 당신의 잔이 되겠습니다. 나의 잔은 당신을 위해서 그리고 당신의 잔을 위해서 채워질 것입니다.

221

폭풍우는 고뇌하는 신의 절규입니다. 대지가 그 신의 사랑을 거부하기 때문입니다.

222

세계는 새지 않습니다. 죽음은 균열이 아니기 때문입니다.

223

실패한 사랑이 삶을 더 풍부하게 합니다.

224

친구여, 당신의 큰 가슴은 새벽녘 눈에 덮인 고고한 산 정상처럼 동쪽의 일출 속에서 빛나고 있습니다.

225

죽음의 샘은 생명의 고요한 물을 다시 흐르게 합니다.

226

신이여, 당신 말고는 모든 것을 가진 자들이 당신 말고는 아무것도 가지지 않은 자들을 비웃고 있습니다.

227

생명의 운동은 그 자신의 음악 속에서 휴식하고 있습니다.

228

흙을 차면 먼지만을 일으킬 뿐, 대지에서 수확을 할 수는 없습니다.

229

우리의 이름은 밤바다의 파도 위에서 움직이는 빛입니다. 그 빛은 서명도 남기지 않은 채 스러집니다.

230

장미의 꽃을 보는 눈을 가진 자에게만 그 가시를 보도록 해주세요.

231

새의 날개를 황금으로 장식하면, 그 새는 결코 다시 비상할 수 없습니다.

232

우리 나라의 연(蓮)과 같은 연이 다른 나라의 연못에서도 똑같이 향기롭게 꽃을 피웁니다. 다른 이름을 가지고.

233

마음의 원근법에서는 간격이 더욱 넓게 보입니다.

234

달은 하늘을 온통 비추고 있습니다. 자신의 어두운 부분도.

235

"아침입니다"라고 말하지 마세요. 어제라는 이름으로 모든 일은 잊어버리세요. 아직 이름이 없는 갓난 아이의 눈으로 처음인 것처럼 보세요.

236

연기는 하늘에서, 재는 대지에서 자신의 존재를 과시합니다. 연기와 재는 불이 만든 형제입니다.

237

빗방울은 재스민 꽃에게 속삭입니다. “나를 영원히 마음속에 새겨주세요.”
재스민 꽃은 “아아” 하고 한숨을 쉬고는 땅에 떨어졌습니다.

238

소심한 사상이여, 나를 두려워하지 마세요.
나는 시인일 뿐입니다.

239

나의 마음의 어둑한 고요한 공간은 귀뚜라미의 울음소리로 채워지는 것 같습니다—소리의 회색 황혼.

## 240

화전(火箭)이여, 별들에 대한 당신의 모욕은 당신을 뒤따라서 지구로 돌아왔습니다.

## 241

당신은 나의 다망한 날의 여행을 통해서 나를 나의 저녁의 고독에로 이끌어주세요.
나는 밤의 고요함을 통해서 고독의 의미를 추구하고 있습니다.

## 242

현세의 인생은 항해, 우리는 비좁은 같은 배 안에서 만납니다.
죽음 속에서 해안에 도착해 내세로 갑니다.

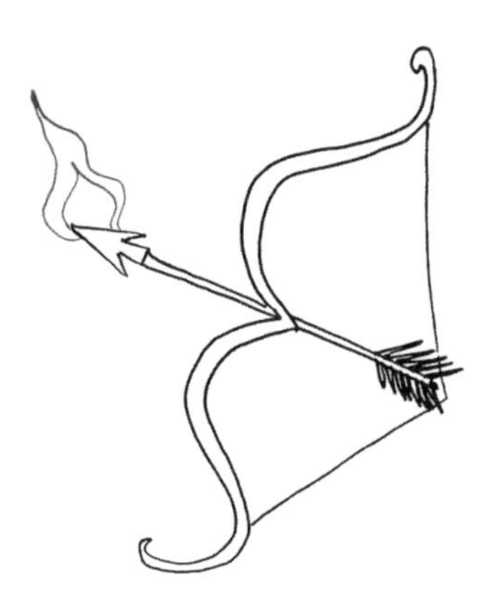

243

진실의 흐름은 오류의 수로를 통해서 이루어집니다.

244

오늘 나의 마음은 시간의 바다를 건너 감미로운 한 때를 사랑하고 있습니다.

245

새의 노래는 대지에서 반사되는 아침 햇살의 메아리입니다.

246

"당신은 너무 자존심이 강해서 내게 키스할 수 없나요?" 아침 햇살이 미나리아재비에게 물었습니다.

247

"나는 어떻게 노래해야 당신을 경배할 수 있습니까? 태양이여." 작은 꽃이 물었습니다.
"너의 단순하고 순수한 침묵으로." 태양이 대답했습니다.

248

인간이 동물이 되면 동물보다 더 사악한 존재가 됩니다.

249

검은 구름은 빛의 키스에 의해서 하늘의 꽃이 되었습니다.

250

칼자루가 자르지 못한다고 해서 칼날이 칼자루를 야유하게 해서는 안됩니다.

251

밤의 정적은 밝은 램프처럼 밤의 은하의 빛으로 타오르고 있습니다.

252

생명의 빛나는 섬 주위에서 밤에도 낮에도 바다의 죽음에 관한 끝없는 노래가 솟아오릅니다.

253

이 산은 햇빛을 마시는 한 송이의 꽃과 같지 않습니까? 구름들은 꽃잎입니다.

254

현실적인 것도 의미를 잘못 강조해 독해하면 비현실적인 것이 됩니다.

255

나의 마음이여, 바람과 물의 은혜를 받은 보트처럼 세계의 움직임으로부터 당신의 아름다움을 발견하세요.

256

눈은 시력이 아니라 안경을 자랑합니다.

257

나는 이 작은 나의 세계에서 살면서 그 세계가 너무나 작아져버리지나 않을까 두려워합니다. 당신의 세계로 나를 끌어올려주세요. 그리하여 즐겁게 나의 모든 것을 버리는 자유를 내가 가질 수 있도록 해주세요.

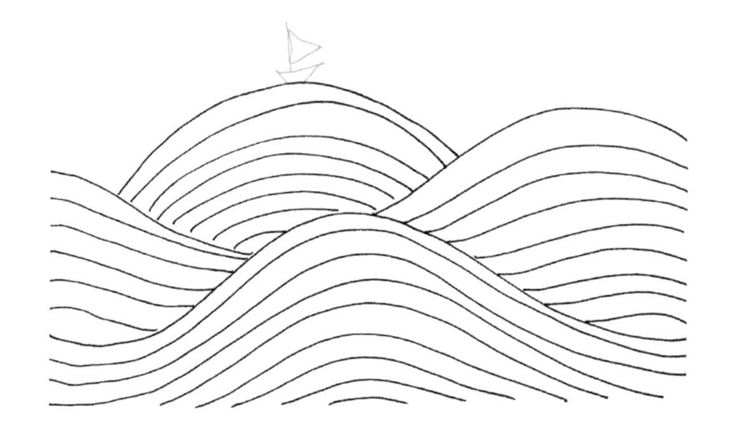

258

거짓은 아무리 힘이 커지더라도 결코 진실이 될 수 없습니다.

259

노래의 파도가 물결치는 나의 마음은 이 빛나는 날의 초록빛 세계를 간절히 어루만지고 싶어합니다.

260

길섶의 풀이여, 별을 사랑하세요. 그러면 당신의 꿈은 꽃 속에서 태어날 것입니다.

261

당신의 음악이 검(劍)처럼 시장의 소음을 그 중심까지 찌를 수 있도록 해주세요.

262

이 나무의 떨리는 잎들이 어린 아이의 손가락처럼 나의 마음에 닿게 해주세요.

263

나의 영혼의 이 슬픔은 신부의 베일입니다. 베일은 밤에 벗겨지기를 기다리고 있습니다.

264

작은 꽃이 먼지 속에 있습니다.

그 꽃은 나비가 오가는 작은 길이 되고 싶어합니다.

265

나는 길이라는 세계 속에 존재합니다.

밤이 옵니다. 집은 당신의 세계, 문을 열어주세요.

266

나는 당신의 낮의 노래를 부릅니다.

저녁에는 비바람이 치는 길에 당신의 램프를 가져가도록 해주세요.

267

나는 당신을 집에 청하지 않습니다.
나의 끝없는 고독 속으로 오세요. 사랑하는 사람이여!

268

죽음은 탄생처럼 삶 속에 있습니다.
걷는다는 것은 발을 올리고 내리고 하는 것일 뿐입니다.

269

나는 꽃과 햇빛 속에서 당신의 그 속삭임의 단순한 의미를 배웁니다—내게 당신의 언어가 고통과 죽음 속에 있다는 것을 알 수 있도록 가르쳐주세요.

270

밤의 꽃은 아침이 자신에게 키스할 수 없다는 것을 압니다. 추위에 떨다가 한숨짓다가 땅에 떨어져야 하기 때문입니다.

271

만물의 슬픔을 통해서 나는 영원의 어머니의 가냘픈 노랫소리를 듣고 있습니다.

272

나는 이방인으로서 당신의 해안에 왔습니다. 나는 손님이 되어 당신의 집에 묵게 되었습니다. 나는 한 친구로서 당신의 문간을 떠납니다. 나의 대지여.

## 273

내가 갔을 때 나의 생각이 당신을 찾도록 해주세요.
별이 빛나는 정적의 시간에 비치는 황혼의 잔광처럼.

## 274

나의 마음속에서 휴식하고 있는 저녁별을 점등하세요. 그리고 밤이 나에게 사랑을 속삭이도록 해주세요.

## 275

나는 어둠 속에 있는 아이입니다.
나는 밤의 이불 속으로 나의 손을 당신에게 내밉니다. 어머니여.

276

낮일이 끝났습니다. 당신의 두 팔로 나의 얼굴을 안아주세요, 어머니여.
내가 꿈을 꾸도록 해주세요.

277

만남의 램프는 오랫동안 타오르고 있습니다. 그러나 헤어지는 순간에는 스러져버리겠지요.

278

한마디 말이 당신의 침묵 속에 나를 위해서 간직되어 있습니다. 오 세계여, 내가 죽을 때 "나는 사랑했노라"고.

279

이 세상을 사랑할 때 우리는 이 세상에 살고 있는 것입니다.

280

죽은 자에게는 불멸의 명예를 가지도록 해주세요. 그러나 산 자에게는 불멸의 사랑을 가지도록 해주세요.

281

나는 반쯤 잠을 깬 아이가 새벽의 여린 빛 속에서 어머니를 바라보듯이 당신을 바라보고 있습니다. 아이는 살며시 웃고 다시 잠들겠지요.

282

나는 죽고 또 죽어야 합니다. 이 생명이 결코 다할 수 없다는 것을 알기 위해서.

283

군중들 속에서 길을 갈 때 당신이 발코니에서 미소를 짓는 것을 보고 나는 노래를 흥얼거렸습니다. 곧 모든 소음을 잊게 되었습니다.

284

사랑은 가득 따른 포도주 잔처럼 가득 찬 생명입니다.

## 285

그들은 그들의 신전에서 자신의 램프를 켜고 그들 고유의 노래를 부릅니다.
그러나 새들은 아침 햇빛 속에서 당신의 이름을 노래합니다—당신의 이름이 기쁨이기에.

## 286

당신의 침묵의 한가운데에서 나의 마음을 노래로 채우게 해주세요.

## 287

그들이 소란스럽게 타오르는 불꽃의 세계를 선택하는 자들로 살게 해주세요.
나의 가슴은 당신의 별을 열망합니다. 신이여!

288

사랑의 고통은 나의 삶의 주변에서 깊이를 알 수 없는 바다처럼 노래합니다. 사랑의 기쁨은 꽃 피는 수풀에 사는 새처럼 노래합니다.

289

당신이 원하는 시간에 램프를 끄세요. 나는 당신의 어둠을 알고 있고 사랑할 것입니다.

290

내가 하루의 끝에서 당신 앞에 섰을 때, 당신은 나의 상처를 보고 내가 다쳤다는 것을 압니다. 그리고 치료를 받아야 한다는 것을 압니다.

291

미래의 어느 날, 나는 어떤 다른 세계에서 태양이 떠오를 때 당신을 위해서 노래해야 할 것입니다. "나는 이전에 지상의 빛 속에서 당신을 본 적이 있었습니다. 인간의 사랑 속에서."

292

구름이 어느 날 나의 삶 속으로 흘러들어왔습니다. 더 이상 비가 오지 않고 폭풍우도 예고되지 않았지만, 나의 일몰의 하늘이 채색되는 날이었습니다.

293

진실은 자신을 향해서 폭풍우를 일으켜 진실의 씨앗을 널리 퍼뜨립니다.

294

지난밤의 폭풍우는 오늘 아침에게 평화의 황금관의 영광을 주었습니다.

295

진실은 궁극의 언어로 표현될 것입니다. 그 궁극의 언어로부터 그 다음의 언어가 탄생합니다.

296

명성이 진실보다도 빛나지 않는 사람은 행복합니다.

297

내가 나의 이름을 잊을 때, 당신 이름의 아름다움이 나의 마음을 충만하게 합니다—안개가 걷힌 때의 당신의 아침 태양처럼.

298

고요한 밤에는 어머니의 아름다움이 있습니다. 그리고 떠들썩한 낮에는 아이의 아름다움이 있습니다.

299

세계는 사람이 미소를 지을 때 그 사람을 사랑합니다. 세계는 그가 소리 내어 웃을 때 두려워하기 시작합니다.

300

신은 사람들이 지혜 속에서 어린 시절을 되찾기를 기다리고 있습니다.

301

당신의 사랑이 형태를 이룬 이 세계를 내가 느끼도록 해주세요. 나의 사랑이 내가 느끼도록 도와주겠지요?

302

당신의 햇빛이 나의 마음의 겨울날에 미소를 짓습니다. 나는 꽃 피는 마음의 봄이 오는 것을 결코 의심하지 않습니다.

303

신은 유한한 것을 사랑하고, 인간은 무한한 것을 사랑합니다.

304

당신은 성취의 순간을 위해서 불모의 시간이라는 사막을 건너갑니다.

305

신의 침묵에 의해서 인간의 생각은 말로 발전합니다.

306

영원한 여행자여, 당신은 나의 노래 속에서 당신의 선명한 발자국을 발견할 것입니다.

307

아버지, 내가 당신에게 부끄러워하지 않도록 해주세요. 당신은 당신의 소년 시절의 영광을 자랑합니다.

308

오늘은 우울한 날입니다. 찌푸린 구름 아래에서 햇빛은 창백한 뺨 위에 눈물 자국이 있는 벌 받은 아이와 같습니다. 바람의 울부짖음은 상처받는 세계의 울부짖음과 같습니다. 그러나 나는 친구를 만나러 내가 지금 길을 가고 있다는 것을 압니다.

309

오늘 밤, 종려나무 잎들은 술렁거리고 바다는 치솟고 있습니다, 만월이여. 세계의 심장의 두근거림처럼 저 미지의 하늘로부터 말없이 당신이 운반하는 것은 사랑의 아픈 비밀입니까?

310

나는 한 개의 별, 한 개의 빛의 섬을 꿈꿉니다. 나는 그 별에서 태어났고, 생명이 소생하는 휴식의 시간에 나의 생명은 가을 햇빛이 쏟아지는 논처럼 일생의 작업을 완성하고 있습니다.

## 311

비에 젖은 대지의 냄새는 무언의 여느 대중이 보내는 위대한 찬가처럼 솟아났습니다.

## 312

사랑이 언제나 실패할 수 있다는 것은 하나의 사실입니다. 우리는 그 사실을 진실로서 받아들일 수 없습니다.

## 313

죽음이 우리의 영혼이 얻은 것을 우리에게서 결코 빼앗을 수 없다는 것을 어느 날 우리는 알게 될 것입니다. 얻은 것은 영혼과 하나가 되기 때문입니다.

314

신은 저녁의 어스름 속에서 신의 광주리에 싱싱하게 갈무리된 나의 과거의 꽃과 함께 내게 옵니다.

315

나의 생명의 모든 현(弦)은 조율되었습니다. 나의 주인이여, 당신이 그 현을 탄주할 때마다 사랑의 음악이 흘러나옵니다.

316

내가 진실된 삶을 살도록 해주세요. 그리하여 내게 오는 죽음은 진정한 죽음이 됩니다.

317

인간의 역사는 인내하면서 모욕당한 인간의 승리를 기다리고 있습니다.

318

이 순간 나는 당신이 나의 마음을 추수가 끝난 적막한 들에 내리는 아침의 정적의 햇빛처럼 응시하고 있는 것을 느낍니다.

319

나는 이 넘실거리는 함성의 바다를 건너 음악의 섬에 닿기를 열망합니다.

320

밤의 서곡은 황혼의 음악 속에서 시작됩니다. 언어로 나타낼 수 없는 암흑에 대한 장중한 찬가 속에서.

321

나는 산의 정상에 올라갔고 세상에 널리 알려진 황량한 불모(不毛)의 그 고지에서 어떤 피난처도 발견하지 못했습니다. 나의 안내자여, 빛이 사라지기 전에 나를 이끌어주세요. 인생의 수확이 황금의 지혜가 되는 침묵의 계곡으로.

322

이 황혼의 어스름 속에서 사물은 환영(幻影)처럼 보입니다—첨탑의 토대는 어둠 속에서 사라지고 나무의 우듬지는 잉크 얼룩과 같습니다. 나는 아침을 기다릴 것이고, 잠에서 깨어나 빛 속에 나타나는 당신의 도시를 바라볼 것입니다.

323

나는 고뇌하고 절망하고 죽음을 깨닫습니다. 그리고 나는 이 거대한 세계 속에 내가 존재한다는 사실을 기뻐합니다.

324

나의 삶 속에는 벌거벗고 적막한 장소들이 있습니다. 그곳은 나의 분망한 날들이 빛과 대기를 가지는 열린 공간입니다.

325

어떤 성취도 없었던 나의 과거로부터 나를 놓아주세요. 그 과거는 내 등 뒤에 붙어 죽음을 어려운 것으로 만들고 있습니다.

326

나의 마지막 말이여

# 나는 당신의 사랑을 믿노라

# 역자 후기

시인 타고르가 시집 『기탄잘리』에서 스스로를 일러 "고통의 바닷속"이라거나 "(나의) 밤은 흑암(黑岩)처럼 검다"라고 절망적으로 쓴 것을 읽었을 때 나의 기분은 묘했다. 거대한 비탄에 잠긴 문장이 오히려 묘한 빛으로 나를 감싸는 것을 느꼈다. 그리고 타고르가 "이 연약한 그릇을 당신은 비우고 또 비우시고 끊임없이 이 그릇을 싱싱한 생명으로 채우십니다"라고 쓴 것을 다시 읽었을 때 나는 내게 그런 느낌이 생겨난 이유를 이해할 수 있었다. 님에 대한 신성한 사랑과 기도의 언어가 바로 타고르의 언어였기 때문이었다.

타고르의 『길 잃은 새』를 접하게 된 인연은 『기탄잘리』를 만나게 된 인연에 못지않게 내 인생에 참으로 소중한 일이 될 것임에 분명하다. 『길 잃은 새』는 1913년 노벨 문학상을 받은 타고르가 3년 후인 1916

년에 자신의 모국어인 벵골어로 출간한 시집이다. 이 시집에는 짧은 시 326편이 실려 있다.

나는 이 책에 실린 질문과 큰 침묵으로 가득 찬 시구(詩句)들을 내가 힘들고 외로울 때마다 읽으려 한다. 읽어서 이 시구들에 들어 있는 생기와 미풍과 꽃과 미소를 등불 삼아 흑암처럼 검은 나의 밤을 견디려 한다. 이 시구들에 들어 있는 음악과 희망과 광휘를 내 가슴속에 옮겨놓으려 한다. 뿐만 아니라 내가 사랑하는 사람들에게 이 시구들을 나눠주려고 한다. 가령 "아름다움이여, 당신은 반짝이는 거울 속이 아니라 사랑 속에 있다는 것을 깨달으세요"와 같은 시구들을 씨앗으로 나눠주려고 한다.

2016년 3월

문태준